AF198594

Inhaltsverzeichnis

Inhaltsverzeichnis 1

Mein Ehesklave 3

Mit meinem Mann im Swingerclub.64

Befriedigendes Klassentreffen.......79

SEXGESCHICHTEN

AUS DEM

EHELEBEN

DiKay

Mein Ehesklave

Mein Mann gehorcht mir aufs Wort. Ein Fingerzeig nach der Rückkehr aus seinem angeblichen Urlaub genügt und schon wirft er sich zu Boden und befreit meine Straßenschuhe peinlichst genau von all dem Dreck, durch welchen ich an diesem Tag mal wieder gestapft bin.

Er ist ein guter Sklave, doch das alles geht natürlich noch viel besser, deshalb muss ich ihn dressieren.

Er ist mir hörig, ist mein Eigentum. Ich bin seine

Ausbilderin, ohne Wenn und Aber. Ich lasse mich gern als seine Gebieterin ansprechen – doch ich lasse ihm großzügiger Weise sein Leben und seinen blitzgescheiten Verstand.

Zugegeben, ich bin zu dem, was ich jetzt bin – nämlich eine Herrin mit dazugehörigem Ehesklaven – gekommen wie die Mutter zum Kind. Und ich möchte auch nicht nur die Peitsche zwingen. Doch ich möchte, dass mein Mann sich mir unterwirft und nie wieder das tut, was er getan hat.

Er hätte es eben wissen müssen, als er mich mit einer 18-jährigen Tussi betrogen hat, und nicht nur mit ihr, sondern auch mit einigen anderen Mädels. Geflogen ist er von einer Taube zur nächsten. Er, der auf Sylt an einem Kongress teilnehmen sollte, war flott nach Sankt Peter Ording rüber geeilt und hatte sich die Seele aus dem Leib gefickt.

Allerdings hatte er dabei nicht bedacht, dass in Zeiten von Social Media immer jemand neidisch ist oder andere Gründe hat, gerade das Bild auf Twitter oder Facebook zu posten, was eigentlich nicht in der Öffentlichkeit erscheinen soll.

Tja, Pech gehabt mein Lieber, da ich selbst digital sehr flott unterwegs bin, blieb mir natürlich nicht erspart den nackten Arsch meines Mannes betrachten zu dürfen – und ich schwor ewiglich Rache!

Nicht nur, dass ich fünfzehn Jahre jünger bin als mein Ehegatte, nein, dieser Mann geht stramm auf die fünfzig zu und vögelte mit achtzehnjährigen herum. Ich ging in mich!

»Also«, sagte ich mir, »irgendetwas muss jetzt passieren« und da ich schon immer eine leicht sadistische Ader in mir hatte (das muss ich gestehen), bestellte ich mir in einem Internet-Shop Rohrstöcke verschiedener Stärke, eine Tawse sowie drei Peitschen unterschiedlicher Schlagkraft. Das sollte erst einmal reichen für den Anfang, später sollten noch andere wunderbare Dinge folgen.«

Ich war sauer, richtig sauer! Und wenn ich in diesem Zustand war konnte ich für nichts mehr garantieren.

Als mein Mann am nächsten Tag von seinem angeblichen Kongress zurückkkam, stellte ich ihn zur Rede. Natürlich stritt er alles ab, doch die zwanzig Rosen, die er mir mitgebracht hatte, sprachen eine andere Sprache. Ich hatte die Nase voll – augenblicklich begann ich mich zu straffen und schlüpfte nicht nur in die Rolle einer

Zuchtmeisterin – nein, ich war eine Zuchtmeisterin!

Ich sagte ihm was in der Zwischenzeit mit mir passiert war, und das er mir ab sofort gehorchen würde. Tat er es nicht, setzte es Prügel. Einerseits war ich verletzt, andererseits kam eine Seite von mir zum Vorschein, welche lange brach gelegen haben musste.

Ich forderte ihn auf ins Schlafzimmer zu gehen, und angesichts meines supergeilen Outfits – ein Catsuit aus Leder mit Öffnungen an den richtigen

Stellen, ahnte er offenbar nichts Böses und strich sich sogar lasziv über seinen Schwanz.

Na warte!

Als mein Mann allerdings den Rohrstock in meiner Hand sah, welchen ich ihn nun unter das Kinn hielt und sagte: »Mein Lieber, du wirst mir nie weder wehtun, haben wir uns da verstanden?«, ahnte er offensichtlich nun doch, dass er sich in einer für ihn prekären Lage befand.

Ich legte den Kopf schief und wartete auf eine Antwort.

Mein Mann sagte gar nichts und schaute mich völlig distinguiert an.

Da ließ ich die Peitsche knallen und zog ihm einmal quer damit über seinen Hintern, damit er wusste, wohin die Reise ging. Das hier war kein Spaß mehr. Dieser Mann bedurfte einer Züchtigung damit er gehorchte – mir gehorchte.

»Hör zu, du Mistkäfer«, begann ich, »du hast dich mit einer 18-jährigen Tussi vergnügt, das kann ich nicht zulassen, hast du mich verstanden!«

Ich stieß ihn mit meinen High-Heels von mir weg und er flog in die nächste Ecke. Da prallte er ziemlich hart an die Wand – er hatte einfach nicht damit gerechnet. Gut so!

»All das«, unterwies ich ihn weiter, »was in den nächsten Monaten geschehen wird, dient deinem Respekt vor deiner Herrin (ich zeigte auf mich), und du wirst unterwiesen in allem was man Unterwerfung nennen kann. Haben wir uns verstanden?«

»Aber … aber.« So entsetzt und nehmen der Spur hatte ich

meinen Mann in all unseren Ehejahren noch nicht gesehen.

Dämonisch lachte ich auf.

»Ja, was denkst du denn, was das hier ist. Eine Freakshow, oder was? Du, mein Lieber (und es sollte das letzte Mal sein, dass ich ihn so zu nennen bereit war), du großer wichtiger CEO einer noch größeren Versicherungsgesellschaft wirst deiner Frau demnächst die Stiefel lecken und danach die Möse. Hast du es endlich kapiert, du Wurm! Tust du es nicht, dann wird das nicht gut für dich sein.«

Ich sagte dies in sehr leisem Tonfall – doch diesen Ton kannte er gut.

Er kniete nieder und senkte den Kopf.

»Ja, Herrin!« (Wenigstens seine Untergebenheit zeigte er mir an.)

»Hör gut zu«, sagte ich zu ihm, »kommst du demnächst nach Hause wirst du eine Küchenschürze tragen und deinen Dreck selber wegmachen. Du bekommst jeden Tag von mir eine Züchtigung in Form einer Auspeitschung oder einer anderen Spielart – und vergiss nie, dass du ab jetzt mein Haussklave bist.«

Er nickte.

»Ab jetzt bestimme ich, wann es hier quer durch die Betten geht – und nicht du.«

Ich zeigte ihm noch einmal den Rohrstock und er warf sich vor mich auf den Boden: »Ja, Herrin, ich tue alles was ihr von mir verlangt!«

»Donnerwetter«, dachte ich, »das ging ja rasant voran, »und weil mein Haussklave so mutig voranschritt hatte ich in seinem Schlafzimmer noch eine

Extraüberraschung für ihn bereit. In dem Schlafzimmer stand ein wunderbarer, offener Stahlkäfig, er war zusammenklappbar und es hatte mich reichlich Mühe und noch mehr Geld gekostet ihn in die Wohnung zu schaffen, doch das war es mir wert! Ich wollte es so.

Mein Mann sträubte sich, dass hatte ich erwartet. Nicht erwartet hatte ich diese Angst in seinen Augen zu sehen – dieser Mann hatte tatsächlich große Angst.

Meine Autorität festigte sich von Minute zu Minute. Ich würde diesen Mann zu einem der besten Hausssklaven der Stadt erziehen, möge es kosten was es wolle.

Erniedrigung und Bestrafung sind ein scharfes Schwert in den Händen einer dominanten Frau dachte ich bei mir – mein Mann täte gut daran, mir zu gehorchen.

»Da soll ich rein!« Er schaute mich gesenkten Blickes an.

»Ja, in der Tat hatte ich mir das so vorgestellt«, sagte ich ihm.

»Zugegeben, es ist zwar nicht das Luxusappartment, welches du sicherlich an deinem ›Urlaubsort‹ vorgefunden hast, dafür bietet dieses Objekt Sicht auf all die Dinge, die du selbstredend in diesem Käfig verrichten wirst.

»Und das macht dich an!«, versuchte mein Haussklave ein letztes Mal an meiner autoritären Position zu kratzen.

Ich schlug ihm ins Gesicht.

»Gehorche!«, zischte ich und fuhr fort: »Du wirst hier schlafen, du wirst dich hier waschen und du wirst essen –

das alles bekommst du, solange du ein williger Hausklave bist.«

Ich gab ihm eine Ohrfeige, die er mittlerweile willenlos akzeptierte. »Bist du das nicht mehr, müssen über Erziehungsmethoden nachdenken, nicht wahr?«

Wieder zog ich ihm den Rohrstock unter dem Kinn entlang. Ich meinte, das richtige Mittel gefunden zu haben, nun musste ich mich nur noch als Herrin profilieren.

Ich wies meinen Hausklaven an, in den Käfig zu kriechen.

Wohlwollender Weise hatte ich ihm eine Pritsche und eine Decke zukommen lassen, was sicherlich nicht überall selbstverständlich war. Hart schlug ich ihm mit dem Rohrstock auf seinen Arsch und sagte ihm: »Wenn du gehorchst kommen wir beide wunderbar zusammen aus. Tust du es nicht ... nun ... du hast den Rohrstock ja schon zu spüren bekommen.«

In der Tat hatte ich mich auf meine Wandlung gut vorbereitet, während mein Mann junge Mösen leckte.

Ja, ich wollte ihn dafür bestrafen, doch langsam passierte etwas, was ich nicht erwarten konnte – ich selbst wurde zu jemand anderem und das gab mir unsagbare Kraft über dieses Etwas, das in seinem Käfig hockte und mich anstarrte.

Ich hatte mir einen Peniskäfig besorgt, welcher wunderbar dafür geeignet war, den Schwanz desjenigen unter Kontrolle zu halten, der den Käfig umgeschnallt bekam.

Solange keine Erregung vorliegt ist alles okay – doch

wehe, wenn sein Schwanz beginnt anzuschwellen ... tja dann hatte mein Haussklave ein Problem, denn der Käfig war nicht besonders groß.

Als ich ihm den kleinen Käfig aus Metallgeflecht zeigte, meinte er: »Erbarmen Herrin, das kann nicht euer Ernst sein!«

Hatte er bis dato angenommen, dass ich vielleicht einknicken würde, so hatte er sich geirrt. Ich schnallte ihm das Geflecht um, und er wimmerte um Gnade. Tränen der Reue liefen über sein Gesicht – doch leider

– mein Mitleid hielt sich in Grenzen.

Ich würde meinen Mann, der gleichzeitig mein Haussklave war abrichten, ihn unterweisen in der Kunst der Unterwerfung und irgendwann würde er mir aus der Hand essen und um Schläge betteln.

Nur drei Monate sollte es dauern, bis ich ihn so weit hatte dass er für mich durch's Feuer gegangen wäre.

Doch so weit waren wir natürlich noch nicht.

Ich flüsterte ihm leise zu: »Du gehorchst mir, solange ich es mir wünsche. Wenn ich dir etwas befehle, dann führst du das auch aus! Verstanden.«

»Ja, Herrin!«, kam es leise.

»Bück dich – du bist doch sowas von Dreck, weißt du das? Ein braver Sklave betet seine Herrin an. In deinen Augen sehe ich nur Angst – wovor?«

Ich betrachtete ihn leicht angewidert und er senkte den Blick.

Ich klatschte mit der Peitsche auf den Boden und schrie ihn

an: »Aus ist es mit deinen Eskapaden – du gehörst mir, mit Haut und Haaren, ich bestimme, wann hier gefickt wird und wann nicht.«

Zweifel hatte er keine mehr, mein Mann zuckte nur noch ängstlich mit den Augen.

»Du ziehst das wirklich durch«, sagte er und schaute mich neugierig an.

»Ich ziehe das nicht durch – ich lebe es!«, sagte ich ihm.

»Bück dich, du Wurm! Und ich klatschte ihm mit einer kleinen, jedoch ziemlich straff gezogenen Peitsche über den Hintern.«

Zwei Mal schlug ich ziemlich hart zu. Ich gestehe, ich musste mich zurücknehmen, weil es mich erregte. Doch als sich mein Haussklave jaulend bemerkbar machte, hörte ich auf und drehte an seinen Eiern herum so lange, bis sie fast zu einem kompletten Ganzen verschmolzen.

»Hmh …ich begann weiter an den Hoden zu drehen, stach leicht mit einer kleinen Nähnadel hinein, und mein Ehesklave stöhnte.«

Ich war mittlerweile über mich hinausgewachsen, sah ihn als mein Eigentum an – und was mir gehörte, darüber konnte ich selbstredend auch bestimmen. Mein Mann war zu einem Objekt mutiert, welches sich meiner Befehle beugen musste – vielleicht später sogar wollte.

»Du hast nicht die Absicht … bitte … ich …«

Eine Ohrfeige folgte.

»Herrin«, kam darauf hin, »bitte habt Erbarmen, das tut sehr weh. Bitte nicht noch mehr Qualen!«

Mittlerweile schwitzte er aus allen Poren, ich konnte den Angstschweiß riechen. Wie erbärmlich!

»Du brauchst doch deine Eier sowieso nicht mehr?« Spielerisch fuhr ich mit dem Stock darüber und ich bemerkte seine Panik, dass ich sein Geschlecht schlagen würde. Nein, das würde ich nicht tun. Ich war keine Sadistin!

Ich lachte aus voller Kehle.

»Was bist du doch für ein armseliges Etwas, was denkst

du dir eigentlich! Dass ich es dir so leicht machen werde! Nein mein Lieber, du wirst leiden – doch gleichzeitig wirst du lernen mir zu gehorchen und meine Befehle entgegenzunehmen … verdammt noch mal, ich bin deine Herrin! HAST DU DAS VERSTANDEN!«, schrie ich ihn an und spuckte ihm mitten ins Gesicht.

Hatte er mich jahrelang für ein Dummchen gehalten, so war er jetzt bass erstaunt über das, was ihm hier widerfuhr.

Er kniete, ohne dass ich es ihm sagen musste, vor mir nieder. Obwohl sein Peniskäfig ihn enorm behinderte, tat er es um mir zu Gefallen zu sein, und ein Signal zu geben, dass er verstanden hatte.«

Ich stand vor ihm und sah ihn an.

»Dir ergeben«, sagte er, küsste meine Füße und kniete so lange vor mir, bis das ich ihm erlaubte, sich zu erheben. Danach suchte er freiwillig seine neue Wohnstatt auf.

Später sollte es mir tatsächlich gelingen meinen Mann, den ich ab sofort nur noch Ehesklave nennen werde, auf Fingerzeig zu dirigieren.

Finger über die Lippen – Klappe halten. Es funktionierte einwandfrei, so wie mir danach war. Dieser Beispiele gab es viele, doch ihn dahin zu bringen war ein hartes Stück Arbeit. Es sollte funktionieren, augenblicklich standen wir ja ganz zu Beginn unserer neuen Situationsthematik und mein Ehesklave benötigte dringend Zucht und Ordnung und einen

Tagesablauf welcher eines Hausssklaven würdig war.

Diesen erklärte ich ihm mit scharfer Stimme. Selbstredend würde er weiterhin seiner Arbeit im Büro nachgehen, doch zuvor wurde eine Züchtigung vorgenommen, die ihn erkennen ließ, wer hier die Macht hatte. Nach der Arbeit wurde er die ersten Wochen in Ketten gelegt, selbstverständlich nachdem er sich seine zwei Schläge mit dem Rohrstock bei mir abgeholt hatte. Er hatte schließlich Reue für sein Vergehen zu zeigen.

Ich hatte mir aus meinem Internet-Shop, wo ich mittlerweile mit einem Status als Premium-Kunde geführt wurde, zwei Stangen kommen lassen, die zur Auspeitschung vorgesehen waren.

Die Stangen waren frei im Raum aufstellbar und durch sogenannte Saugnäpfe relativ fest. Somit war auch das Problem vom Tisch. Zwar hatte mich meine Grundausstattung schon einen Haufen Geld gekostet – doch was tat man nicht alles für seinen

Ehesklaven, welcher einem auf Fingerschnipp hin gehorchte.

Nach einer Weile band er sich sogar allein die Lederbänder um die Handgelenke, wartete ergeben auf seine Peitschung, oftmals dosierte ich sehr wohlwollend, es gab andere wunderbare Mittel der Demütigung als immer nur die Peitschen. Es machte mich stolz, die Entwicklung meines Haussklaven zu beobachten.

Ich hatte einmal in einem Buch über Unterwerfung gelesen, dass es irgendeinen Auslöser bräuchte, ehe speziell die Frau zu einer Zuchtmeisterin wurde.

Nun, ich hatte mir jahrelang Hörner aufsetzen lassen und offenbar mit achtzehnjährigen Girlies den Mann geteilt. Sühne war da mehr als überfällig und ich brauchte nur daran zu denken schon schlug ich fester zu, und mein Ehesklave wusste, dass er gut daran tat, sich jetzt nicht zu rühren.

Einzig, wenn er seinen Rücken straff durchbog wusste ich – es war genug.

Mitleid – Fehlanzeige!

Ich erkannte langsam selbst, wann die Peitschungen genug waren, ich hatte auch so nettes Spielzeug wie kleine Nadeln im Programm oder einen Analweiter, der ihm das erste Mal fast einen Schreikrampf bescherte – ein wunderbares Teil – hinein in den Arsch und dann dehnen, bis sich mein Haussklave bemerkbar machte.

Gehorchte er richtig gut, durfte er nach den Unterweisungen sogar meine Möse lecken. Hatte ich große Lust, durfte er mich ficken. Wohlgemerkt, es war meine Entscheidung.

Nachdem ich der Meinung war, mein Ehesklave könnte auch einmal ein Lob vertragen, ließ ich ihn die Wohnung putzen.

»Aber so, dass ich hinterher kein Staubkorn mehr finde«, ordnete ich an.

Er fiel auf die Knie und ging dann in die Küche, wo ich ihn rumoren hörte.

Unterdessen befestigte ich die Ketten an seinem Käfig. Des Nachts wurde er natürlich angekettet – Wasser würde er aus einem Hundenapf trinken müssen.

Gehorsamkeit war das A und O. Tat er, was ich von ihm verlangte, erleichterte er sich so manches.

Ich hörte meinen Ehesklaven weiterhin in der Küche werkeln, hörte wie er ins Schlafzimmer ging und rief: »Geht das auch ein bisschen leiser. Ich möchte, dass du kriechend deine Arbeit verrichtest. Verstanden!«

Er schaute mich an, seine Augen waren – ja, was eigentlich – nicht traurig, eher neugierig. Und er kroch durch die Wohnung und mir kam eine

Idee, warum ihn nicht gleich zum Hütehund dressieren.

Ich klickte auf die Website, auf welcher ich schon einige hundert Euro ausgegeben hatte und bestellte noch ein Hundehalsband mit einer entsprechenden Leine dazu. Diese sollte in zwei Tagen geliefert werden. Bis dahin würden wir gut ohne Leine auskommen.

»Knie nieder!«, sagte ich zu meinem Ehesklaven, als er nach drei Stunden intensiven Putzens zu mir kam und mit leiser Stimme verkündete: »Herrin, die Wohnung ist nun sauber.«

»Leck den Boden ab! Wenn es hier sauber ist, werde ich sicherlich kein Staubkorn mehr auf deiner Zunge finden, nicht wahr?«

Mein Haussklave der sonst die Verantwortung für fünfhundert Mitarbeiter trug, kniete wie ein getretener Hund nieder und leckte mit seiner Zunge den Boden ab.«

»Zunge zeigen!«, befahl ich ihm, und er streckte sie mir entgegen.

»Hm, für's erste Mal ist es okay, doch natürlich geht es noch besser, Sklave! Aber wo du gerade dabei bist – ich öffnete mein Catsuit, leck mir doch bitte meine Möse – ich bin gerade in Stimmung für ein kleines Intermezzo. Denk bitte an deinen Peniskäfig«, sagte ich zu ihm und grinste verzückt.

Doch mein Haussklave war voller Freude, dass er mir dienlich sein konnte, und tat wie befohlen. Seine Zunge fühlte sich immer noch wunderbar sanft an, und ich dachte kurz an die Zeit zurück, als wir den besten Sex unseres Lebens genossen und ich noch nichts von seinen Liebschaften wusste.

Doch ich schüttelte mich einmal – jetzt nur nicht schwach werden. Als ich leicht zu stöhnen begann, nahm sich mein Haussklave sofort zurück. Kopf nach unten und ließ mich meinen Orgasmus ausleben. Ging es mir einerseits darum, weiterhin mit ihm zu vögeln so doch immerhin zu meinen Bedingungen. Und mein Ehesklave lernte schnell.

Nachdem ich gekommen war, ging er von allein in seinen Käfig, schlief des Nachts auf seinem kargen Bett und trank aus dem Hundenapf als wäre er nichts anderes gewohnt.

Morgens wenn er erwachte, hatte ich ihm beigebracht, dass er mich zu fragen hatte, wenn er die Toilette aufsuchen wollte. Ich hatte die Kontrolle!

Wohlgemerkt, ich erwartete, dass er höflich fragte und mir zu Füßen kniete. Als ich ihm aufgrund seines Ungehorsams vier Mal den Toilettengang verweigert hatte, hatte er verstanden und unterwarf sich demütigst. Diese Erziehungsmethode mag im ersten Moment wenig spektakulär wirken, doch ist Ihnen schon einmal ein Toilettengang verweigert worden – beispielsweise bei einer Autofahrt?

Diese Bestrafung zog, es war eine der bestmöglichen die ich mir je ausgedacht hatte.

Der Tag begann für meinen Haussklaven mit einer leichten Peitschung, und nachdem er dann seine Ohrfeige kassiert hatte durfte er sein Frühstück zubereiten und einnehmen, gesittet, wie ich befohlen hatte und nicht im Stehen, wie er es früher getan hatte. Hatte er sich bei mir für den Einstieg in den Tag bedankt ... durfte er das Haus verlassen um zur Arbeit zu gehen.

Dieser Ritus entwickelte sich zu einer festen Konstante in unserem neuen Leben. Nach einigen Unterweisungen verfiel ich oftmals in die sogenannte Sklavensprache.

Diese war, indem ich den Sklaven nicht direkt ansprach,

eine Demütigung an sich. »Möge er sich doch bitte bücken«, sagte ich, und nicht etwa: »Bück dich!«.
Indirekt zog ich das Tempo damit an.

Nach einigen Wochen des Trainings hatte ich ihn erst einmal so weit, dass er gehorsam das weiterverfolgte, was ich ihm bis dato beigebracht hatte. Er ging weiterhin allein zu der Stange, legte sich seine Fesseln an und wartete gehorsam darauf, bis ich so weit war, ihn zu züchtigen.

Mein Haussklave fragte mittlerweile – ohne dass ich ihn dazu auffordern musste –– wann er duschen durfte, wann er zur Toilette gehen durfte oder sein Bett frisch beziehen durfte.

Um es kurz zu machen – mein Mann hatte sich verändert, er war ein willfähriger Haussklave geworden, den ich nach Belieben kontrollieren konnte. Er lag mir zu Füßen, horchte sofort auf, wenn ich mich räusperte und ich brauchte nur mit meinen Fingern zu schnipsen, schon sprang er auf und holte mir das, was ich benötigte. Es war perfekt!

Seine typische Sklavenhaltung sollte er beibehalten. Die Dressur an sich passierte selbstredend in unserer Wohnung. Gingen wir außer Haus, brauchte ich nur mit der Hundeleine, die mittlerweile geliefert wurde zu klappern und schon wusste er, dass ich nicht zufrieden mit ihm war.

Natürlich gab es auch Belohnungen. Ich gestattete ihm nach drei Wochen sein eigenes Bett in seinen Käfig zu stellen! Mein Haussklave bedankte sich dafür mit einem tiefen Kniefall.

Es war ein Prozess, den ich angestoßen hatte, und ich wusste damals nicht, wohin die Reise gehen würde. Es war zur damaligen Zeit das berühmte Fass welches überzulaufen drohte, als ich in die ›Lehre‹ nahm, doch dass er so schnell willfährig werden würde, war auch mir neu.

Nach fünf Wochen gestattete ich meinem Ehesklaven auch

seinen Peniskorb bei Tag abzunehmen, des Nachts sollte er ihn aus Gründen der Züchtigung noch eine Weile tragen. An sich verlangen Männer ja nach Aufmerksamkeit, diese hatte mein Ehesklave nun bereits seit ein paar Wochen in ausgiebiger Form genießen dürfen. Wir hatten unsere Schwierigkeiten zu Beginn, doch, wie ich bereits oben erwähnte, er war relativ schnell sehr willfährig geworden. Neuerdings hatte er auch seinen Sexualtrieb im Griff. Er wusste, ich bestimmte wann er zu mir kommen durfte und seinen Schwanz in meine Möse stecken durfte. Die Sehnsucht nach Macht hatte mich binnen kürzester Zeit zu einem anderen Menschen werden lassen.

Mein Ehesklave wurde mit der Zeit immer unterwürfiger. Er entwickelte sich in die Richtung, aus der ich ausgebrochen war. Mittlerweile hatte ich ihm erlaubt allein die Toilette aufzusuchen, seine Morgenwäsche ohne Aufsicht zu vollführen und seine

Kleidung selbst herauszusuchen. All das hatte ihn so sehr beglückt, dass er vor lauter Freude auf den Flur pinkelte.

Das warf ihn natürlich wieder um Längen zurück. Doch was sollte ich tun – ich selbst hatte ja die Lockerungen vollzogen, also musste ich ihm jetzt auch die nötigen Anweisungen für seinen Fehltritt geben.

»Auflecken, aber sofort!«, ordnete ich an, »diese Sauerei, was soll das denn!«

Er leckte all das auf, was aus ihm vor Freude

herausgeflossen war, und er bedankte sich bei mir, dass er keine Peitschung erhalten hatte, indem er sich am Abend neben mir zusammenrollte wie ein Kater oder ein kleiner Hund, stolz sein Halsband trug, währenddessen ich die Führleine in Händen hielt.

Ab und an fütterte ich ihn mit Keksen, die er genussvoll und vor allem gesittet aß. Einmal pro Woche gestattete ich ein halbes Glas Wein. Ich war ja kein Unmensch!

Heute nun sollte er sich selbst befriedigen, auch das hatte ich als Unterwerfungsübung eingeführt. Er durfte zwar masturbieren, aber nicht kommen. Verspritzte er sein Sperma, setzte es Hiebe!

Heute befahl ich ihm das Gegenteil. Er sollte abspritzen und zwar auf sich selbst. Danach sollte er sein Sperma auflecken, was ja machbar war. Mein Haussklave mäßigte sich zwar erst, doch als ihn die Lust fest im Griff hatte, sah ich gebannt zu, wie er seinen Schwanz fest in die Hand nahm und mächtig melkte. Binnen Sekunden trat die helle

Flüssigkeit aus ihm heraus, unkontrolliert!

Tja, da hatte er selbst Schuld. Mein Hausklave wusste schon, was er getan hatte und sah mich schuldbewusst an.

Da heute sein Geburtstag war – durfte er (es war mein Geschenk an ihn) es mit dem Wischlappen aufwischen und nicht das ganze Wohnzimmer abschlecken.

»Er weiß schon, dass er sich nicht beschmutzen darf!«, sagte ich böse. Er lag bereits in Demutshaltung vor mir und hatte die Augen niedergeschlagen. Er hatte also verstanden um was es hier ging, und so ließ ich es für diesen Moment gut sein.

Die Tage vergingen, und die nächste Züchtigung stand an und dieses Mal wählte ich ein Schlaginstrument nämlich den Rohrstock.

Mein Haussklave konnte nicht sehen, was ich in der Hand hielt, da er ja seine Maske trug, die ich etwas gelüftet hatte. Mein Haussklave hatte jetzt nur noch die Augen verbunden, doch einen Knebel trug er weiterhin in seinem Mund. Als er sah, was ich in der Hand hielt, bekam er große Augen.

Ich kannte keine Rücksichtnahme mehr. Hatte ich Lust dazu, so diente es meiner Befriedigung, nicht seiner.

»Möge er sich bitte etwas vorbeugen!«, wies ich meinen Ehesklaven an. Und er tat wie geheißen. »Vier Schläge bekam er auf den Arsch, danach noch zwei über den

Rücken gezogen … mir war danach sehr leicht zumute.

»Möge er sich selbst befreien und dann zu Bett gehen«, sagte ich in dem sogenannten Sklavensprech – ich hatte es mir mittlerweile angewöhnt so mit meinem Haussklaven zu reden. Mein Haussklave gehorchte sofort und nach nochmaligen drei Monaten der harten Erziehung verständigten wir uns fast nur noch per Augenkontakt – es klappte perfekt.

Wenn ich ihm erlaubte zu reden, war er sehr gewandt in seiner Sprache, auch das hatte sich mir gegenüber verändert, er freute sich, wenn ich ihm erlaubte mich zu berühren und was hinzu kam – er stand mir Tag und Nacht zur Verfügung. Offensichtlich erlaubte er sich selbst keinen Tiefschlaf mehr, anders ging es eigentlich nicht – ich brauchte mich nur zu räuspern, schon stand er vor mir.

Er wurde ein guter Haussklave, mein persönlicher Haussklave, den ich mir herangezogen hatte, und ich war stolz auf mich, dass ich es geschafft hatte so eine ›Leistung‹ zu vollbringen.

Wir sprachen uns bezüglich der Erziehungsmethoden ab, und mein Ehesklave dankt es mir bis heute mit großer Ergebenheit, dass ich ihn vor nunmehr fast neun Monaten in die Ausbildung genommen habe, und ihn zu dem gemacht habe, was er heute ist. Ein ausgezeichneter Sklave, welcher mir bedingungslos gehorcht. Überall, in jeder

Situation – mit nur einem Augenaufschlag

Sie werden sich sicherlich fragen, was danach passierte, als alle Fäden gezogen waren, und wir in stillem Einvernehmen als Domina und Sklave zusammen lebten. Nun, ich hatte einige Ideen, doch verwarf ich sie allesamt.

Ich hatte mir vorgenommen ein Buch darüber zu schreiben, wie man Männer zu Lustsklaven beziehungsweise Haussklaven heranziehen könne, und das Buch wurde ein großer Erfolg.

So etwas gab es noch nicht so oft, und ich wurde in Talkshows eingeladen sowie auf diversen Youtube-Kanälen herumgereicht.

Kurzum, ich verdiente Geld – und war das erste Mal in meinem Leben unabhängig von den milden Gaben meines Mannes – pardon – meines Ehesklaven. Dieser kniet, während ich diese Zeilen schreibe, neben mir, versunken in einem Buch, welches ich ihm gestattete zu lesen – Die Leiden des jungen Werthers. Er las es bereits zum zweiten Mal.

Offenbar scheint es ihm zu gefallen.

Ende.

Mit meinem Mann im Swingerclub

Mein Atem ging kurz und schnell, als ich in die gebannten und lüsternen Gesichter vor mir starrte. Was hatte ich mir dabei nur gedacht? Schon die Idee überhaupt mit meinem Mann in einen Swingerclub zu gehen war verrückt gewesen. Gut, wir hatten schon verdammt lange keinen aufregenden Sex mehr, zu sehr hatte sich der bequeme Alltag in unserem Eheleben eingeschlichen. Aber trotzdem hätte ich der Neugier nicht einfach so nachgeben sollen. Doch nun war es zu spät. Nun stand ich hier mit meinem Liebsten und Landetete prompt bei einer Versteigerung. Der Preis? Ich selbst! Meine Augen wanderten unsicher durch die Zuschauerreihen. Ich konnte förmlich spüren wie all diese gierigen Augen über meinen leicht bekleideten Körper glitten. Ob meinen Ehemann die geilen Blicke der anderen Männer störten? Ich weiß es nicht. Bestimmt hatte er sich den Abend anders vorgestellt.

Wild vögelnd mit den Frauen seiner heimlichen feuchten Träume. Aber er schien nichts zu unternehmen. Ich trug einen Tanga und darüber ein schwarzes Kleid, so kurz, dass es schon fast wieder ein Negligée war. Man konnte meine vollen Brüste deutlich durch den Stoff erkennen und der durchsichtige BH darunter verbarg auch nicht viel. "Seht euch nur diese geschickten schlanken Finger an – die wissen, wie man im Haushalt so richtig anpackt. Vor allem im Schlafzimmer, wette ich." Der

Versteigerer heizte die Menge weiter an und ich lief rot an. Einerseits machten mich die Aufregung und die Neugier richtig heiß, sodass sich mein Slip nun schon deutlich anfeuchtete. Andererseits ängstigte mich der Gedanke mit einem wildfremden Mann nach Hause zu gehen, um mich um seinen "Haushalt" zu kümmern. Mir war ziemlich klar, dass es nicht nur beim Bodenschrubben bleiben würde. Ich mochte mir gar nicht ausmalen, was dieser Kerl anstellen würde, wenn ich erst einmal ihm hilflos ausgeliefert in seiner Wohnung stand. Bevor ich auf die Bühne kam, konnte ich noch einen schmierigen Typ erkennen, von dem ich hoffte, dass er nicht der Meistbietende sein würde. Doch ich musste gehorchen, ganz gleich wer letztendlich gewann.

Ich war so nervös, dass ich das Ende der Auktion gar nicht mehr richtig mitbekam. Plötzlich fasste mich ein Mann mit festem Griff am Handgelenk und zog mich hinter sich her. Ich wusste kaum, wie mir geschah, als ich auf meinen High Heels hinter ihm her trippelte, in seinen Wagen einstieg und mit ihm nach Hause fuhr. „Ich hoffe, du machst ordentlich sauber. Ich will für mein Geld schließlich etwas sehen", knurrte er und ich schluckte. Die Fahrt war kurz.

Er führte mich in eine Wohnung mit drei Zimmern, die gar nicht so unordentlich aussah. Allerdings befanden sich viele Fettflecken auf dem Herd und Spuren von Dreck auf dem

Fußboden dort. Mein „Käufer"
stand an den Türrahmen
gelehnt und betrachtete mich.
„Dann mal los." Zitternd vor
Aufregung suchte ich nach
Schwamm und Spülmittel und
fing an die Flecken auf den
Kochplatten zu bearbeiten.
Während ich schrubbte,
bewegten sich meine Brüste
leicht hin und her, genau wie
mein Po. Beides wurde im Licht
von meinen Kleidchen kaum
bedeckt. Nervös versuchte ich
nicht in die Richtung meines
Herrn zu blicken – bis dieser
sich schließlich näherte. Ich

spürte seinen Atem im Genick, als er sich über mich beugte. „Hier hast du noch einen Fleck übersehen", bemerkte er mit dunkler Stimme. Ich zuckte zusammen, als ich etwas Hartes an meinem Hintern spürte. Seine Hüften pressten sich von hinten gegen mich und sein Schwanz eindeutig hart und geschwollen. Ich unterdrückte ein Stöhnen und rieb den Fleck heftiger, was nur zur Folge hatte, dass mein Po gegen seinen Steifen vibrierte. Mein Herr keuchte leise und legte die Hände um meine vollen Brüste. Mein Slip war unglaublich nass und beinahe hoffte ich, er würde weitermachen. Doch dann löste er sich von mir und befahl mir auf dem Boden weiterzumachen. Eilig ging ich auf alle Viere und machte dort unten sauber. Es dauerte nicht lange, bis er mich erneut betatschte. Seine gierigen Hände schoben den Saum meines Negligés nach oben und zerrten dann an meinem Slip. Gleich darauf schmiegte er seine nackte Erektion gegen meinen Po. Ich stöhnte laut auf, als ich diese harte Fleischstange an meiner weichen Haut spürte. Meine Spalte zuckte vor Lust. Der Boden, den ich schrubbte, verschwamm allmählich vor meinen Augen, während er seinen Penis weiter nach unten gleiten ließ und zwischen meine Schenkel schob. Er rieb sich an mir und seine pralle Eichel stieß immer wieder gegen meine Klitoris. Die Lust durchflutete mich in heißen Wellen und ich konnte mich kaum noch auf den Knien halten. Mit einer Hand griff er nach dem Speiseöl, das auf der Küchenablage stand und schon tröpfelte das Zeug auf mein Poloch! „Oh Goooott", stieß ich hervor, als sein Schwanz sich langsam in meine winzige Öffnung bohrte. Es war nicht das erste Mal, dass ich einen Penis im Hintern hatte, aber er war so verdammt groß und prall! Da konnte mein Ehemann leider nicht mithalten. Umso mehr genoss ich diesen Riesenschwanz. Ächzend nahm ich ihn ganz in mir auf und er grollte vor Lust. Eine Hand schob sich zwischen meine Beine und begann meine klatschnasse Perle zu massieren. Hilflos wimmernd lag ich vor ihm, während er mich gnadenlos mit seinem Schwanz bearbeitete. Es tat weh, fühlte sich zugleich aber auch unendlich geil an und ich konnte nicht genug davon kriegen. Seine großen Finger waren überraschend geschickt und massierten meine Klitoris im Takt seiner harten Stöße. Einer seiner Finger stahl sich allmählich in meine Spalte, sodass ich gleich darauf beide Löcher voll hatte. Das fühlte sich verdammt gut an! Ich war völlig hemmungslos mit diesem Fremden, der mich erbarmungslos durchvögelte. „Putz weiter!", fuhr er mich an und ich brachte gerade noch genügend Kraft auf, um den Schwamm über den Boden gleiten zu lassen während ich so hart durchgenommen wurde. Ich spürte, dass ein gewaltiger Orgasmus auf mich zukam. Ich presste den Schwamm so hart, dass er eine Pfütze hinterließ. Meine Möse zuckte lustvoll unter den Wellen des Höhepunktes und das Gefühl der Ekstase wurde durch seine Stöße in meinen Arsch noch verstärkt. Als er spürte, wie meine Spalte sich um seine Finger zusammenzog, beschleunigte er seinen Analfick ein letztes Mal und kam lautstark zum Höhepunkt. Sein Schwanz entleerte sich in mir und füllte mein kleines Loch so stark mit Samen, dass er mir gleich darauf über die Pobacken tropfte. Als er sein schrumpfendes Glied aus mir herauszog, brach ich auf dem Boden zusammen. Mitleidlos sah er zu mir herunter und wies auf die Spermapfütze. „Sieh zu, dass du das beim Saubermachen nicht vergisst! Wenn du hier fertig bist, will ich noch meinen Spaß mit dir haben". Ich lächelte schwach und machte mich an die Arbeit. Vielleicht würde ich den einen oder anderen Fleck übersehen, damit er Grund hatte, mich richtig geil zu bestrafen.

Ende.

Befriedigendes Klassentreffen

Ist es wirklich schon zehn Jahre her? fragte ich meinen Liebsten Stefan, mit dem ich gemeinsam die Schule besuchte und das Abitur machte, während ich mich für unser erstes Klassentreffen aufstylte. Am meisten freute ich mich darauf Ben wiederzusehen. Aber das sollte mein Ehemann natürlich nicht mitbekommen. Eifersüchtig war er schon während unserer Schulzeit auf Ben. Die beiden lieferten sich bei jeder Gelegenheit einen Wettkampf, bei welchem es immer letztlich um mich ging.

War Ben immer noch so sexy wie früher? Gleich würde ich es erfahren. Als ich die Schulaula betrat, in welcher die Feier stattfang, sah ich ihn mit einer hübschen, blonden, großgewachsenen Frau an der Bar stehen. Zärtlich hatte er ihr einen Arm um die Schultern gelegt. Als wir zu ihnen stießen, stellte er sie als seine Ehefrau Laura vor und klopfte meinem Mann beschwichtigend auf seine Schulter. Ich selbst war glücklich in meiner Ehe mit Stefan, jedoch ging Ben mir irgendwie nie aus dem Kopf. Er ist immer noch so sexy wie früher. Insgeheim hoffte ich darauf eine schnelle Nummer mit Ben zu schieben. Aber da war ja noch mein Ehemann, der uns keine Sekunde aus den Augen ließ und seine Frau, die eher entspannt wirkte.

Wer weiß, vielleicht frage ich ihn trotzdem mal. Nur weil er verheiratet ist, muss ich ja nicht davon ausgehen, dass er nicht will, dachte ich mir. Ist ja bei mir auch nicht so. Aber irgendwie ergab sich die Gelegenheit nicht, denn immer mehr ehemalige Weggefährten kamen und tauschten Geschichten aus der Vergangenheit mit uns aus. So schritt der Abend voran und ich gab meine Hoffnung nach und nach auf. Das ein oder andere Glas Wein später, der Abend war gerade richtig in Fahrt gekommen, kam ein vertrauter, aber wie immer störender Ton, aus meinem Mann seinem Jackett. „Piep, piep, piep, piep". Oh nein, nicht schon wieder. Mein Mann Stefan hatte nach unserem Abitur den Studienweg eingeschlagen, sich seinen Lebenstraum erfüllt und war Arzt geworden. Dummerweise heute mit Bereitschaftsdienst. „Schatz, ich muss leider weg. Ben, kannst du bitte MEINE Frau später zum Taxi begleiten, damit sie nicht allein im Dunkeln warten muss? Ich lasse ihr genügend Geld da." Mein Mann wog sich vermutlich in Sicherheit, da er von Bens Ehefrau Kenntnis nahm. Stefan eilte also davon und ich sah meine Chance, jetzt oder nie.

Ich ging auf Ben zu und nahm all meinen Mut zusammen. Als ich ihm meinen Wunsch ins Ohr flüsterte, leuchteten interessiert seine Augen auf. „Klar, gerne. Aber nur, wenn meine Frau auch mitmachen darf," antwortete er überraschend. „Klar" sagte ich, „dann macht es wenigstens dreifach Spaß." Zu dritt seilten wir uns heimlich ab und betraten unser altes Klassenzimmer. An der hinteren Wand stand ein riesiges Sofa, auf das sich Ben erwartungsvoll setzte. Ich beschloss, die Führung zu übernehmen, kniete mich vor ihn, und zog ihn langsam und unter küssen auf Mund, Hals und seiner sexy behaarten Brust aus. Als ich ihm dann die Hose öffnete, und seinen steifen Pimmel in den Mund nahm, gesellte sich seine Frau zu uns, und knetete mir von hinten meine kleinen aber festen Brüste. Sie küsste mich und biss in meinen Nacken. Dann zog sie mir den Rock hinunter, leckte gierig meinen Po. Oh, wie geil! Das war ja sooo sexy! Immer wieder umkreiste ihre feuchte Zungenspitze meine Rosette.

Nach einer Weile hielt sie inne um sich splitternackt auszuziehen. Mein Gott, war sie schön! Auch mir knöpfte sie nun die Bluse auf, und saugte und neckte gefühlvoll meine harten Nippel. Ben schien es auch sehr anzutörnen, denn er wichste sich, während er gespannt beobachtete, wie wir uns zärtlich mit der Zunge auf Mund, Hals und Brüste küssten. Dann glitt sie tiefer, um auch meine feuchte Höhle zu liebkosen, aus der schon vor lauter Geilheit mein Muschi Saft tropfte. Erst reizte sie mit ihrer Zungenspitze meinen Kitzler, bis er auf sein äußerstes anschwoll und tauchte dann tief mit ihrer ganzen Zunge in meine Muschi ein. Oh, war das herrlich! Diese Frau wusste wirklich, was sie tat! Bens Schwanz war jetzt prall und steinhart und kurzerhand stellte er sich hinter seine Frau, die noch zwischen meinen Beinen kniete und mich genüsslich leckte, und nahm sie von hinten. Dabei sah er mich die ganze Zeit an. Ich stöhnte vor

Wollust, und griff fest in die Haare der Frau, die mich so herrlich verwöhnte. Es dauerte nicht lange, da überkam mich schon der erste Orgasmus. Ich dachte, ich fliege weg, so heftig war er!

Als ich mich wieder gesammelt hatte, nahm ich das Klatschen von Körpern war. Ben fickte seine Frau immer noch, sein Schweiß überströmter Körper prallte bei jedem seiner Stöße an den wohlgeformten Arsch seiner Frau, die ihre Schreie in meiner Muschi erstickte, als auch sie schließlich kam. Ich hoffte, Ben hätte noch keinen Höhepunkt gehabt, da auch ich ihn noch in mir spüren wollte.

Als hätte er meine Gedanken gelesen, glitt er aus ihr heraus, legte mich auf die Seite, und drang dann von hinten in mich ein. Oh, ja! Das brauchte ich! Er füllte mich voll und ganz aus. Ich bedeutete seiner Frau, sich mir zugewandt auf die Seite zu legen, damit ich sie küssen und ihre schönen vollen Titten massieren konnte. Mit einer Hand fingerte ich sie. Erst ihre geile, nasse Fotze, und dann ihr winziges, enges Arschloch. Sie schrie auf vor Freude.

Plötzlich ging die Tür auf. „Oh, was macht ihr denn hier?" Überrascht kam Bens alter Kumpel ins Klassenzimmer, und riss sich sofort die Kleider vom Leib. „Ich will mitmachen!" sagte er erregt. Auch sein Schwanz konnte sich sehen lassen! Hart und steif schob er ihn Bens Frau von hinten rein. Während wir Weibchen uns wild und leidenschaftlich mit Lippen, Zungen und Händen verwöhnten, fickten uns die Männer hart von hinten. Nie hatte ich etwas Schöneres erlebt.

Doch plötzlich veränderte Ben die Stellung. Er legte sich auf den Rücken, und setzte mich auf seinen geilen Lustprügel, dann beugte er mich soweit es ging nach vorne. Heiß küsste ich ihn auf seinen Mund, und biss hin und wieder in seine Lippen und seinen Hals. Bens Kumpel packte von hinten meinen Arsch, und drang Stück für Stück in ihn ein. Synchron bewegten sie sich in mir. Bens Frau hatte es sich derweil auf dem Sofa gemütlich gemacht.

Sie hatte die Beine hochgezogen und weit gespreizt, um sich selbst zu fingern. Bei diesem Anblick, und den beiden harten Schwänzen in mir, kam ich schnell zum nächsten Orgasmus! Ben ließ sich mitreißen, und schrie so laut als er kam, dass es wahrscheinlich die ganze Schule hörte. Glücklich sank ich auf ihm zusammen. Bens Freund war aber lange noch nicht fertig! Er stellte sich vor Bens Frau, die keine Sekunde lang zögerte, und stieß ihr seinen prachtvollen Schwanz tief in den Rachen. Diese Frau musste jeden Würgereiz abgelegt haben, denn sie schluckte seine riesige Lanze komplett. Immer wieder rammte er ihn ihr tief in den Rachen. Erst langsam, und dann immer schneller und schneller. Damit sie auch etwas davon hatte, setzte Ben sich unter sie und drang erneut in sie ein. Mit dem Rücken zu Bens Gesicht ritt sie ihn jetzt, während sein Freund, der vor ihnen stand, immer gieriger ihren Mund fickte. Sie schienen alle drei zur selben

Zeit zu kommen, denn sie stießen alle gleichzeitig einen Urschrei aus, den ich nie wieder vergessen würde. Mit unserer nächsten Orgie dürften wir auf gar keinen Fall bis zum nächsten Klassentreffen warten! Und dann darf vielleicht sogar mein Mann mitmachen.

Ende.

Buchtipp:

Unterweisung auf Burg Lengenfeldt

Rosa – die Lustbarkeit des Seins

„… Seine Hände packten ihre Oberschenkel und er zog sie an seinen Stab heran, der wieder ganz hart war, so wie vorhin in ihrem Mund. Er steckte seinen Stab zwischen ihre unteren Lippen und begann sich an ihr zu reiben. Dabei wurde es richtig feucht da unten, was Rosa verwunderte. Zu seinen Bewegungen kamen durch die Reibung flutschende Geräusche, die sie bisher nicht kannte. Und mit einem Mal änderte sich der Winkel seines Stabes und er fuhr in sie hinein. Der Herzog nahm ihre Hände mit seinen und zog sich in sie hinein, bis sie einen leichten Schmerz verspürte, und es fühlte sich so an als wäre in ihr drinnen etwas gerissen. Sie zuckte zusammen, zeigte aber sonst keine Anstalten, dass es ihr nicht gefallen würde. Im Gegenteil, sie fand, dass was der Herzog mit ihr machte sogar etwas spannend. Dass es überhaupt möglich war, dass jemand mit seinem Stab so tief in sie eindringen konnte, wusste sie bis dahin nicht...."

Impressum

DiKay

c/o BJ-Autorenservice

Gildehauser Weg 140a

48529 Nordhorn

Email: dikaybooks@gmail.com

Copyright © 2017 DiKay

Bildmaterial: fotolia.de | Datei: #77622030 | Urheber: sakkmesterke

Vervielfältigung, Übersetzungen und öffentliche Zugänglichmachung.

Herstellung und Verlag:
BoD - Books on Demand, Norderstedt
ISBN 978-3-7460-1421-0